GRAVURES, DESSINS

TABLEAUX

ANCIENS ET MODERNES

Objets de Vitrine

FAIENCES, PORCELAINES

BRONZES — PENDULES

SCULPTURES

GROUPES, BUSTES ET STATUETTES EN TERRE CUITE

DE CHINARD

Sièges, Glaces

MEUBLES

ANCIENS & DE STYLE

TENTURES — TAPIS D'ORIENT

DONT LA VENTE AURA LIEU

HOTEL DROUOT, SALLE N° 10

LE SAMEDI 29 NOVEMBRE 1913

A deux heures

Mᵉ E. FOURNIER	**M. R. BLÉE**
COMMISSAIRE-PRISEUR	EXPERT PRÈS LE TRIBUNAL CIVIL
29, rue de Maubeuge	3, rue du Helder

Chez lesquels se distribue le présent Catalogue

EXPOSITION PUBLIQUE

Le Vendredi 28 Novembre 1913, de deux heures à six heures

CONDITIONS DE LA VENTE

Elle sera faite au comptant.

Les acquéreurs paieront *dix pour cent* en sus des enchères.

Paris. — Imp. de l'Art, Ch. Berger, 41, rue de la Victoire.

DÉSIGNATION

GRAVURES

1 — Deux gravures anciennes : Vues de Saint-Pierre de Rome.

2 — Gravure en noir : Scène de la vie hollandaise.

3 — Gravure en couleurs : Enfants juifs, par Debucourt.

4 — Gravure anglaise en couleurs : Jeune fille et son mouton. *E. Weetness, 1791.*

5 — Gravure du xviiie siècle, par Vasseur : Épisode galant d'Henri IV.

6 — Deux gravures italiennes : Scènes galantes, par Copia.

7 — Estampe anglaise à la manière noire.

DESSINS

BASTARD (H.-J.)

8 — *Colonel des Gardes françaises à cheval en 1837.*
Dessin.

DECAMPS

9 — *Arabe accroupi.*
Esquisse. Sépia et gouache.

INGRES (J.) (?)

10 — *Portrait d'un Général du Premier Empire.*

VOLLET (F.)

11 — *Jeune Femme chinoise.*
   Dessin aquarellé.

TABLEAUX

ÉCOLE ITALIENNE

12 — *Saint Pierre.*
   Toile.

ÉCOLE FRANÇAISE (xviie siècle)

13 — *Nature morte : vases fleuris, fruits, volatiles, etc.*
   Toile. Haut., 1 m. 47 cent.; larg., 1 m. 33 cent.

ÉCOLE FRANÇAISE (xixe siècle)

14 — *Paysage et marine.*
   Deux petites peintures.

ÉCOLE FRANÇAISE (Commencement du xixe siècle)

15 — *Les Amants surpris.*
   Panneau. Haut., 35 cent.; larg., 45 cent.

BÉRAUD (Jean)

16 — *Arlequin en costume noir et blanc.*

BRETON (Léon)

17 — *Bords de mer.*

CHARTRAN

18 — *Épisode du siège de Paris par Henri IV.*

Esquisse signée et datée : *Décembre 1871.*

Haut., 38 cent. ; larg., 70 cent.

CLÉSINGER (J.)

19 — *Taureau dans un ravin, campagne romaine.*

Panneau. Signé.

Haut., 185 millim. ; larg., 45 cent.

CLÉSINGER (J.)

20 — *Une Matinée dans les chênes de Franchard.*

Panneau. Signé.

Haut., 185 millim.; larg., 45 cent.

DELACROIX (D'après)

21 — *Entrée des Croisés à Constantinople.*

Toile.

ERKOF (Ch.)

22 — *Portrait d'un Jeune Garçon.*

Pastel ovale.

GUDIN (H.)

23 — *Mer par gros temps, au clair de lune.*

Panneau. Signé.

Haut., 255 millim.; larg., 40 cent.

GUDIN (H.)

24 — *Les Pêcheurs au matin.*

Panneau. Signé.

Haut., 255 mill.; larg., 40 cent.

LEPICIÉ (Attribué à)

25 — *Les Sciences et les Arts devant le Temps.*

> Toile. Haut., 40 cent.; larg., 315 millim.

MURAMORO

26 — *Réunion Galante. (Roma, 1886.)*

PATY (L.-P. DU)

27 — *Surprise d'une ferme par les francs-tireurs.*

> Toile. Signée et datée : 1878.
>
> Haut., 32 cent.; larg., 40 cent.

VAN DER SYP (A.)

28 — *Jeune Femme en toque à plume rouge.*

> Toile. Signée.
>
> Haut., 35 cent.; larg., 27 cent.

TENIERS (D'après D.)

29 — *La Partie de cartes.*

> Panneau.
>
> Haut., 36 cent.; larg., 47 cent.

ROBICHON

30 — *Bords de rivière.*

WILLEMS (F.)

31 — *Scène de genre : Jeune Femme se regardant dans une glace.*

OBJETS DIVERS ET DE VITRINE

FAIENCES, PORCELAINES

32 — Miniature, représentant le général Gilly (?), vu de
profil à droite.

33 — Miniature, représentant le général Daboville (?),
de profil à droite.

34 — Miniature, représentant le prince Murat, vu de
face.

35 — Miniature de jeune femme, de profil à gauche.

36 — Bonbonnière ronde en pomponne, ornée d'un émail
peint. xviiie siècle.

37 — Grande boite ronde, décorée au vernis Brunswick :
Enfant allumant du feu.

38 — Carnet-souvenir en bronze émaillé, boussole, bonbonnière sculptée, œuf peint sur piédouche.

39 — Deux écureuils en ambre sculpté.

40 — Cinq boutons et une broche ornée d'une miniature
en argent ou de strass.

41 — Petit nécessaire en ivoire contenant six lancettes.

42 — Trois flacons en verre. xviiie siècle.

43 — Statuette en porcelaine d'Allemagne.

44 — Grande pipe alsacienne, fourneau peint d'une scène
du Premier Empire ; tuyau en corne.

45 — Deux obélisques en porphyre.

46 — Plateau rectangulaire en émail de Canton.

47 — Panneau rectangulaire en cuir travaillé au repoussé représentant une composition-allégorie à la Musique.

48 — Statue de sainte en bois sculpté. XVe siècle.

49 — Encadrement de glace en bois sculpté. Époque Louis XVI.

50 — Deux bouquetières en ancienne porcelaine pâte tendre de Chantilly, décor de branchages fleuris polychrome.

51 — Deux cache-pot en porcelaine de Chine.

52 — Cache-pot et son plateau en porcelaine de Canton.

53 — Assiette en porcelaine de Chine, deux petites boules à thé.

54 — Tableau formé de carreaux de revêtement en ancienne faïence de Delft, représentant le Sacrifice d'Abraham.

55 — Quatre petits panneaux en bois sculpté à serviettes et fleurs de lys ogivales.

56 — Fontaine de samovar en cuivre rouge et métal anglais.

57 — Cache-pot à trois pieds-griffes en cuivre jaune.

58 — Verseuse en cuivre rouge.

59 — Grande verseuse en cuivre jaune.

60 — Broc en cuivre rouge et jaune.

N° 76

61 — Grande vasque en cuivre jaune, sur trois pieds-griffes.

62 — Applique en fer forgé, xviie siècle. — Une monture de vase en bronze ciselé.

63 — Plat ovale en zinc, décoré de fleurs peintes.

64 — Deux plateaux en bois laqué vert, décorés de fleurs

65 — Lit de poupée en acajou. xviiie siècle.

66 — Sucrier et son couvercle en étain. xviiie siècle.

67 — Petite lampe d'autel en cuivre. xviie siècle.

68 — Pot à lait en argent et deux dessous de carafe.

69 — Deux chandeliers en bronze. xviie siècle.

SCULPTURES

70 — Groupe en terre cuite : Satyre et bacchante, d'après CLODION.

71 — Petit amour assis sur un piédouche en marbre blanc sculpté. xviie siècle.

72 — Les Quatre Saisons. Quatre bustes en fonte patiné bronze pour servir de décoration de parc.

73 — **Buste de Mme Récamier**, attribué à CHINARD.
Terre cuite. Haut., 63 cent.

74 — **Groupe : Combat d'un taureau et d'un lion. —**
Composition inspirée de l'antique. Signé : **Chinard.**
Terre cuite. Haut., 36 cent.; larg., 38 cent.

(Exposition de l'œuvre de Chinard,
Aux Arts Décoratifs, 1909.)

75 — **Petit buste du général Bonaparte.**

Terre cuite.

*(Exposition de l'œuvre de Chinard,
aux Arts Décoratifs, 1909.)*

76 — **Buste d'un général de la République,** par **Chinard,** vu à mi-corps, les mains passées dans son baudrier et s'appuyant sur son glaive.

Terre cuite. Haut., 25 cent.

*(Exposition de l'œuvre de Chinard,
aux Arts Décoratifs, 1909.)*

77 — **Statuette du général Cervoni,** par **Chinard.** Il est représenté debout dans le costume de général avec son manteau sur l'épaule droite, s'appuyant de la main gauche sur son sabre. Inscription sur le socle.

Terre cuite. Haut., 32 cent.

*(Exposition de l'œuvre de Chinard,
aux Arts Décoratifs, 1909.)*

78 — **Statuette de femme debout drapée à l'antique,** par **Chinard. Elle représente la Loi,** appuyée sur un faisceau de licteur, la main droite reposant sur les tables des lois républicaines.

Terre cuite. Haut., 47 cent.

*(Exposition de l'œuvre de Chinard,
aux Arts Décoratifs, 1909, n° 1.)*

BRONZES, PENDULES

79 — Chandelier-trotteur en bronze ciselé et doré, décor Empire.

80 — Deux flambeaux en cuivre, formés de dauphins.

81 — Deux porte-cierge en cuivre. Fin du xviiie siècle.

Nº 77

82 — Deux porte-cierge en cuivre argenté. Fin du xviiie siècle.

83 — Paires d'appliques, à trois lumières, en bronze doré. Style Louis XV.

84 — Deux appliques, à cinq lumières, en bronze ciselé et doré. Style Louis XV!.

85 — Paire de chenets en bronze ciselé à rocailles. xviiie siècle.

86 — Statue en bronze : Le Coléoni.

87 — Pendule-cage en bois mouluré.

88 — Pendule d'applique et son culot, marque ou genre Boulle. Style Louis XV.

89 — Pendule en bronze ciselé et doré, mouvement accosté de deux personnages orientaux. Socle en bois. Fin du xviiie siècle.

90 — Pendule, à quatre colonnes en marbre noir, ornements de draperies, etc., en bronze ciselé et doré. Époque Empire.

91 — Pendule d'applique en marqueterie de cuivre et d'étain sur fond d'écaille, genre Boulle, pilastres de chapiteaux corinthiens.

SIÈGES, GLACES

MEUBLES

92 — Lustre en bronze patiné et doré. xixe siècle.

93 — Fauteuil de bureau en bois sculpté. Style Louis XV.

94 — Deux grandes bergères en bois mouluré, pieds cannelés. Époque Louis XVI.

95 — Deux fauteuils de paysan. xviiie siècle.

96 — Deux bergères à oreilles en bois sculpté et doré, recouvertes de velours de Gênes. Style Louis XVI.

97 — Canapé à deux places en noyer sculpté, à coquilles, feuilles d'acanthe, recouvert de velours rouge strié. Style Régence. *Maison Poirier-Remon.*

98 — Horloge à gaine en noyer ciré. xviiie siècle.

99 — Glace en bois sculpté et doré. xviie siècle.

100 — Grande glace. Cadre doré.

101 — Trumeau en bois sculpté doré et peint. xviiie siècle.

102 — Glace à fronton en bois sculpté et doré. xviie siècle.

103 — Petite glace Empire.

104 — Console en chêne sculpté, à coquille et pied de biche. Style Louis XV. Marbre brèche. *Maison Poirier-Remon.*

105 — Petite table à tablette d'entrejambes, de style Louis XV.

106 — Table à jeu demi-lune en acajou.

107 — Table à colonnes torses en noyer ciré. Style Louis XIII.

108 — Petite table à colonnes en noyer. Époque Empire.

109 — Table en bois de placage et marqueterie.

110 — Bureau en acajou, à trois tiroirs supérieurs, pieds courbés, ornements en bronze Empire.

111 — Console d'angle en bois sculpté et doré. xviiie siècle.

112 — Console en acajou ciré; dessus en marbre blanc, galerie de cuivre. Style Louis XVI.

113 — Console Empire en acajou, à colonnes de ronce de noyer, fond de glace. Époque Empire.

114 — Autre console en noyer ciré. Époque Empire.

115 — Commode, à deux tiroirs, noyer marqueté. xviiie siècle.

116 — Caisse en bois sculpté. xviie siècle.

117 — Table de nuit, avec porte à rideau. Style Louis XVI.

118 — Bureau à dos d'âne en bois fruitier, à filets, à abattant et trois grands tiroirs.

119 — Guéridon à bascule octogonale en acajou et baguette de cuivre, tablette en marbre.

120 — Petite encoignure-étagère. xviiie siècle.

121 — Table-bureau en acajou ciré, orné de bronzes. Style Louis XVI.

122 — Lit à colonnes et rouleaux en acajou et appliques de bronze ciselé et doré. Restauration.

123 — Buffet normand en chêne sculpté. Époque Louis XVI.

124 — Bahut en chêne à partie inférieure évidée, et ouvrant à quatre portes à la partie supérieure. Style Louis XIII.

125 — Armoire normande en bois sculpté. xviiie siècle.

RIDEAUX, TAPIS D'ORIENT

126 — Quatre rideaux de fenêtre en damas vert.

127 — Deux rideaux de fenêtre en damas rouge.

128 — Bandeau de soierie brochée, à riche décor fleuri. XVIIIe siècle.

129 — Tapis double face, décoré d'un grand losange.

130 — Tapis Kirman jaune à médaillon, décor à rinceaux et ramages fleuris. 4 m. 25 cent. sur 2 m. 70 cent.

131 — Tapis persan à petits ornements. 4 mètres sur 2 m. 05 cent.

132 — Tapis galerie à petits ornements. 5 mètres sur 1 mètre.

133 — Autre tapis analogue au précédent. 5 mètres sur 1 mètre.

134 — Tapis de prière fond rouge. 1 m. 80 cent. sur 1 m. 30 cent.

135 — Ancien tapis Koula. 1 m. 85 cent. sur 1 m. 30 cent.

136 — Objets omis.

RED.:

20

MIRE ISO N° 1
NF Z 43-007
AFNOR
Cedex 7 - 92080 PARIS-LA-DÉFENSE
379.99.70
graphicom

0 1 2 3 4 5 6 7 8 9 10

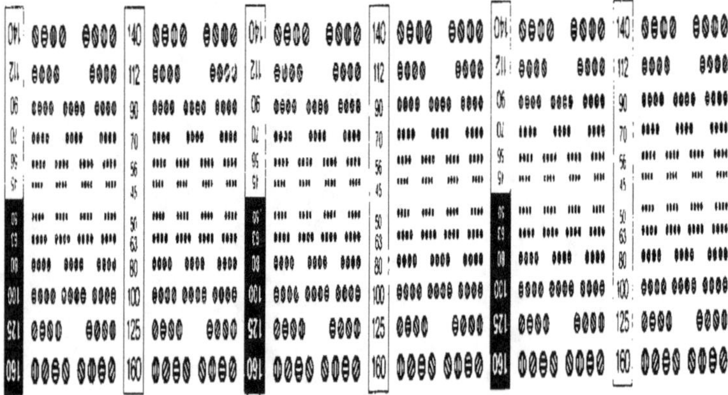

BIBLIOTHEQUE NATIONALE DE FRANCE

****

CHATEAU DE SABLE

1996